DANIEL

PAR

Joseph-Eugène BOQUET

BOULOGNE-SUR-MER
Imprimerie L. Battez, 5, Place de Capécure.
1891

DANIEL

PAR

JOSEPH-EUGÈNE BOQUET

BOULOGNE-SUR-MER
Imprimerie Louis Battez, 5, Place de Capécure.
1891

A Monseigneur,

Monseigneur Jude de Kernaèret,

Monseigneur,

Je vous avais présenté, en 1887, une histoire abrégée du prophète Daniel ; je la complète aujourd'hui en y ajoutant le Cantique des trois Jeunes Gens dans la fournaise, toutes les Visions du prophete Daniel et je vous présente ainsi ce qui peu s'appeler l'Apocalypse de l'Ancien Testament.

A vous, mes meilleures affections

en Jésus-Christ, notre Seigneur et Dieu,

EUGÈNE BOQUET.

21 Février 1891.

PREMIÈRES ANNÉES

Premières années.

Après avoir conquis Juda, pris son trésor,
Le roi Babylonien, Nabuchodonosor,
Traîne en triomphateur jusqu'à sa capitale
Le peuple Juif chassé de sa terre natale,
Le force à l'adorer, adorer tous ses dieux,
Se courber sous son joug de despote odieux
Et confie aux leçons des mages de Chaldée
Les fils de sang royal et noble de Judée.
Or, parmi ces derniers, Daniel, adolescent,
Voulant rester fidèle au Dieu bon, tout puissant,
Se prive de tous mets offerts en sacrifice
A des dieux dont le roi rémunère l'office,
Se contente trois ans de légumes et d'eau
Et devient néanmoins plus robuste et plus beau,
Plus instruit en tout songe et plus sage en paroles
Que ses amis nourris aux tables des idoles,
De sorte que le roi se montre satisfait
Trouvant à dix-sept ans Daniel aussi bien fait,
Aussi plein de sagesse et de vive lumière
Et le gratifiant d'une faveur première
L'admet à l'instant même à rester près de lui,
A faire son service et de jour et de nuit.

NOTE. --- Nulle science n'était plus estimée à Babylone que celle de comprendre et d'interprêter les visions et les songes.

SUZANNE

Suzanne.

A quelque temps de là le Dieu bon, tout puissant,
Fait paraître Daniel pour sauver l'innocent.

Deux vieillards d'Israël, juges pour une année,
Allant se prélasser souvent dans la journée
Chez un compatriote, et riche et marié,
Brûlent en même temps d'amour pour sa moitié,
S'évitent tout d'abord, se devinent ensuite,
Se confessent enfin l'objet de leur poursuite,
Et se mettent d'accord sur le meilleur moyen
D'assouvir leurs désirs, sans qu'on en sache rien.
Or, un après-midi, ces deux vieillards ignobles,
Cachés dans le jardin derrière des vignobles,
Trouvent l'épouse seule et prête à prendre un bain,
Courent vers elle en fous et s'exclament soudain :
Suzanne, sois à nous, à nous, ô bien-aimée,
Personne ne nous voit, la porte est bien fermée
Et, si tu ne veux pas être de suite à nous,
Nous dirons qu'un jeune homme était à tes genoux
Et que tu le reçus en état d'adultère
Après avoir fermé la porte avec mystère.
Non, non, plutôt mourir qu'offenser le Seigneur,
Je préfère cent fois la mort au déshonneur,
Dit Suzanne en criant, s'enfuyant effarée ;

Mais les vieillards couvrant sa voix désespérée,
Courent plus vite qu'elle à la porte et, l'ouvrant,
Content aux arrivants l'adultère flagrant,
Convoquent les parents, le peuple en assemblée
Et, faisant découvrir l'épouse long voilée
Pour la poursuivre encore de leur regard impur,
Jurent en imposant les mains sur son front pur,
Que se promenant seuls dans le jardin du maître,
Ils ont vu tout-à-coup les filles disparaître,
La maîtresse fermer la porte du jardin,
Un jeune homme caché la rejoindre soudain,
La tenir en état de vrai concubinage ;
Que ne pouvant souffrir pareil libertinage,
Ils ont couru de suite après les amoureux,
Que l'un s'est échappé comme plus vigoureux,
Mais que l'autre saisi par la main de justice,
N'a pas voulu donner le nom de son complice.

Lors l'assemblée, ayant d'autant pleinement foi
En ces témoins qu'ils sont des gardiens de la loi,
Des hommes touchant presque à la vieillesse extrême,
Prononce, sans frémir, le châtiment suprême ;
Et Suzanne entendant rendre l'arrêt de mort
Vis-à-vis d'elle, crieen un dernier effort :
Éternel qui voyez jusques au fond des choses,
En lisez le secret, en découvrez les causes :
Vous savez que je meurs innocente à vos yeux,
Victime de témoins aussi faux qu'odieux.

Or, quand Suzanne marche au lieu de son supplice,
Un jeune homme inspiré par le Dieu de justice,
Daniel crie à voix haute au peuple stupéfait :
Je suis pur de ce sang, c'est un affreux forfait ;
Êtes-vous fou d'aller mettre à mort l'innocente,
Sans avoir devers vous de preuve plus puissante ?
Rentrez à l'audience et vous saurez comment
Les témoins au procès ont fait un faux serment.—
Et les témoins de dire : allons, viens, ta jeunesse
Pourra sans doute instruire à temps notre vieillesse ;
Mais Daniel : éloignez ces hommes seulement
Et je les jugerai chacun, séparément.
Lors Daniel au premier : homme chargé de crimes
Dont le front est couvert du sang de tes victimes :
Dis-moi donc sous quel arbre étaient les amoureux? —
Mais, mais, sous un lenstique.—Ah ! le mensonge affreux
Dit Daniel inspiré de la lumière sainte,
Puis faisant appeler l'autre homme dans l'enceinte :
Race de Chanaan, maudite du Seigneur,
Apportant dans Juda scandale et déshonneur :
Sous quel arbre as-tu vu le jeune homme et la femme ?—
Mais,mais,c'est sous un chêne.—Ah ! le mensonge infâme..
Et le peuple s'écrie : à mort les deux vieillards,
Mort aux deux faux témoins, aux deux juges paillards.

NOTE. — Cet évènement valut à Daniel tant de célébrité que le voyant des bords du Chaboras, Ezéchiel, le cita au nombre des hommes les plus éminents d'Israël.

LE DIEU BEL

Le dieu Bel.

Nabuchodonosor dit un jour à Daniel :
Pourquoi ne vas-tu pas adorer le dieu Bel ?
Parcequ'il n'est qu'un Dieu, seul créateur du Monde ;
Et que le vôtre, ô roi, n'est qu'une idole immonde. —
Comment Bel, à tes yeux, n'est pas vivant, divin,
Lui qui boit chaque jour six amphores de vin
Et mange des brebis au nombre de quarante
Avec douze boisseaux de farine odorante. —
Croire qu'il entre un mets quelconque dans son corps
Fait de boue au dedans et d'airain au dehors. —

Lors le roi furieux s'en va trouver les prêtres
Et leur dit : je vous fais mettre à mort comme traitres
Si je ne sais de vous qui boit, mange au saint lieu
Ce dont doit chaque jour se nourrir notre dieu ;
Mais eux : fais apporter au temple chaque chose,
Ferme-le, scelle-le de ton anneau, pour cause,
Et si demain tout n'est mangé par le dieu Bel
Nous périrons de suite, ou ce sera Daniel ;
(Or, ils parlaient avec cette assurance entière
Parce que chaque nuit ils ouvraient la portière
D'une secrète issue au-dessous de l'autel,
Prenaient viande et vin sur la table de Bel ;)
Et le roi, les voyant regagner leur demeure,

Fait apporter à Bel sa pitance sur l'heure,
Laisse Daniel aller, venir dans le lieu saint,
Y répandre partout de la cendre à dessein,
En fait fermer la porte, y dépose l'empreinte
De sa royale bague et s'éloigne sans crainte.

Or, dès l'aube, le roi montre au jeune Daniel
L'intégrité du sceau mis au temple de Bel,
Fait ouvrir et, voyant l'offrande dévorée :
Laisse éclater ainsi sa joie immodérée
O Bel, toi seul es grand, toi seul es dieu vivant ; —
Mais Daniel l'empêchant de marcher plus avant :
Regarde le pavé, tous ces pas sur la cendre... —
Et le roi furieux, fait saisir et descendre
Les prêtres, leur famille et leur montrant le sol,
Où sont écrits leurs pas comme est écrit leur vol,
Les force à confesser leurs manœuvres infâmes,
Fait périr aussitôt prêtres, enfants et femmes.

NOTE. --- La découverte par Daniel des fraudes des prêtres de Bel aurait eu lieu, d'après d'autres auteurs, sous Balthazar ou Cyrus.

PREMIER SONGE

DE NABUCHODONOSOR

Premier songe de Nabuchodonosor.

Nabuchodonosor assemble au point du jour
Les mages, magiciens attachés à sa cour
Pour lui faire connaître un songe dont l'étreinte
L'a fait rester la nuit éveillé, plein de crainte ;
Et ceux-ci : Fais-nous part de ce songe effrayant
Et nous en tirerons un effet clairvoyant ; —
Mais lui : ce songe a fui bien loin de ma mémoire
Et si vous m'en pouvez remémorer l'histoire,
Je vous assure honneurs et riches entretiens,
Sinon je vous condamne à mort et prends vos biens ; —
Lors les mages, devins : indique-nous ton songe. —
Non, non, c'est pour gagner du temps par un mensonge
Et, si vous me mentez, je reste prêt toujours
A confisquer vos biens, à retrancher vos jours. —
Ah ! jamais aucun roi, prince ou chef sur la terre
N'a demandé la clef d'un semblable mystère ;
Seuls les dieux immortels, maîtres de l'avenir,
Peuvent savoir ton songe et te le définir. —
Qu'on mette alors à mort les mages de Chaldée,
Les magiciens, devins et sage de Judée. —

Or, le jeune Daniel sachant qu'il doit mourir,

S'informe du motif, vient à le découvrir,
Peut voir le roi, gagner un peu de temps de reste
Pour connaître, expliquer la vision céleste,
Prie aussitôt chez lui le Dieu bon, tout puissant,
De jeter un regard sur son peuple innocent,
Trouve peudant la nuit à percer le mystère
Et rendant grâce au Dieu du ciel et de la terre :
Béni soit le Seigneur maintenant et toujours,
Qui fait, défait les rois, change âges, saisons, jours,
Pénètre les replis des ténèbres profondes,
Est la seule lumière éclairant tous les mondes,
Donne sagesse, force et m'apprend à tout voir
Pour révéler au roi tout ce qu'il doit savoir.

Lors Daniel, ayant fait retarder le supplice
De tout mage et devin, se présente d'office
Au palais du monarque et demande à l'instant
A lui faire voir clair en un songe important
Et, pénétrant de suite en sa chambre sacrée,
Lui dit rempli du feu d'une flamme inspirée :
« Aucun mage ne peut te découvrir, ô roi,
Le mystère qui tient ton esprit plein d'effroi,
Mais il est dans le ciel un Dieu qui seul révèle
Le mystère et me fait t'en porter la nouvelle.
Tu songeais donc la nuit aux choses à venir,
Si ton royaume, après ta mort, devait finir,
Quand tu vis se dresser une statue immense

Ayant la tête en or, les yeux comme en démence,
Les bras et la poitrine en argent fin et doux,
Les cuisses et le ventre en airain au ton roux,
Les jambes en fer dur, les pieds tout en argile,
En fer, et révélant une base fragile ;
Quand tu vis, sans main d'homme, une pierre rouler
Aux pieds de la statue et la faire crouler,
Se briser l'or, l'argent, l'airain, le fer, l'argile,
Leurs débris s'envoler comme le vent agile
Et la pierre rester un mont dont la grandeur
Projetait sur la terre entière sa splendeur. »
O roi, tel est ton songe et tu vas le comprendre
Par l'explication que je vais entreprendre.
« Le Dieu du ciel t'a fait riche, puissant et fort,
T'a mis tout sous la main : c'est toi la tête d'or;
Un royaume, après toi, surgira moins solide,
Un troisième courra comme un torrent rapide,
Un quatrième aura la palme des combats,
Mais étant fait de fer, d'argile par en bas
Il sera désuni, deviendra divisible
Et, dans ce temps, le dieu du ciel rendra visible
Un royaume absorbant tous les autres en soi,
Ne pouvant jamais être au pouvoir d'aucun roi,
Être jamais détruit par une main mortelle
Et vivant d'une vie à jamais immortelle. »

Lors le roi s'inclinant en face de Daniel :

Ton Dieu commande aux dieux, comme il commande au ciel,
Aux empereurs, aux rois régnant sur cette terre,
Car lui seul t'a fait voir, expliquer le mystère ;
Aussi pour l'honorer en ses prêtres divins
Je te fais chef de mes provinces et devins.

NOTE. — Le second règne prophétisé est celui de Cyrus, le troisième celui d'Alexandre, le quatrième celui de Rome, le cinquième et dernier celui du Christ.

LE CANTIQUE

DES TROIS JEUNES GENS

Le Cantique des trois jeunes gens.

Se croyant Dieu, le roi Nabuchodonosor
Fait dresser sa statue immense, toute en or,
Aux plaines de Dura, ville de Babylone,
Et donne ordre aux tribus, langues et nations
De venir s'incliner devant cette colonne,
Lui porter tous leurs vœux, leurs adorations
Sous peine de laisser leurs chairs carbonisées
Au fond d'une fournaise aux bouches embrasées.
Apprenant que trois fils d'Israël, ses captifs,
Comblés par lui d'honneurs et d'emplois lucratifs,
N'adorent pas ses dieux, son image dorée,
Le roi les mande et plein de colère rentrée :
Comment ! Abdénago, Sidrach avec Misach,
Vous refusez tout culte au grand dieu Mérodach,
A moi, son envoyé, dont le pouvoir terrible
Peut vous plonger au fond d'une fournaise horrible.
Mais les trois jeunes gens : le Seigneur, notre Dieu,
Pourra nous retirer de la fournaise en feu
Et, s'il ne nous assiste, apprends que notre hommage
Ne s'adressera pas à tes dieux, ton image.
Lors le roi furieux les fait saisir, lier,
Jeter tout habillés en l'horrible brasier
Dont les feux à ce point en flammèches retombent
Que leurs bourreaux en sont recouverts et succombent.

Or, les trois jeunes gens jetés en ce milieu
De flammes dégageant une chaleur extrême
Y marchent en chantant les louanges de Dieu,
Bénissant le Seigneur, sa puissance suprême ;
Et l'un d'eux, Azarie, au sein de ce brasier,
Ouvre la bouche et prie ainsi pour tous ses frères :

Soyez, soyez béni, Seigneur Dieu de nos pères,
Et soyez à jamais loué, glorifié,
O vous dont la justice entière est satisfaite
Par notre abaissement, notre captivité,
Dont chaque voie est droite et chaque œuvre parfaite,
Dont tous les jugements sont remplis d'équité.

Oui, tous les jugements rendus en votre enceinte
Sont justes vis à vis de notre cité sainte ;
Car nous avons péché, commis l'iniquité
En oubliant le Dieu de toute vérité,
En n'obéissant pas à sa loi salutaire
Faite pour assurer notre bonheur sur terre.

Aussi vous nous avez condamnés justement,
Faisant tomber sur nous plus d'un dur châtiment,
Nous soumettant au joug d'un ennemi féroce,
D'un roi dont l'injustice est encore plus atroce.

Et nous n'osons nous plaindre et sommes devenus
Pour nos concitoyens comme des inconnus.

Ne nous laissez pas vivre à jamais comme ilotes
Au pays deces durs, ces barbares despotes

Nous vous en conjurons, ô Dieu bon, paternel ;
Ah ! ne déchirez pas le pacte solennel
De la sainte alliance et la sainte concorde,
Gardez-nous à jamais votre miséricorde
Par amour d'Abraham bercé sur votre sein,
D'Isaac votre juste, Israël votre saint,
Ayant reçu de vous la promesse formelle
De voir multiplier leur race fraternelle
Comme le sable épars sur les bords de la mer,
Les étoiles jetant leur flamme dans l'éther.

Ah ! ce sont nos péchés qui font notre faiblesse,
Nous mettent en état de servage sans cesse.

Il n'est plus aujourd'hui de prophètes, de rois,
D'oblations, d'encens, d'holocaustes, d'endroits
Pour vous offrir, Seigneur, nos prémices dorées,
Pour avoir notre part de vos grâces sacrées.

Mais daignez recevoir avec même bonté
Votre peuple contrit et plein d'humilité,
Comme vous daigneriez sur les plus hautes cîmes
Recevoir des milliers d'agneaux gras pour victimes ;
Et que ce sacrifice au sens spirituel
Puisse encore expier les péchés d'Israël.

Et maintenant instruits de par l'expérience,
Nous vous suivons, cherchons en toute confiance.

Ne nous confondez pas, ô Dieu de nos aïeux ;
Soyez nous à jamais miséricordieux.

Arrachez nous, Seigneur, du milieu de cet âtre ;
Montrez cette merveille aux yeux de l'idolâtre.

Confondez devant nous tous nos persécuteurs,
Rendez-les impuissants devant vos serviteurs.

Qu'ils apprennent enfin, Seigneur, à vous connaître
Comme étant le seul Dieu souverain, le seul Maître.

Cependant les soldats de service jetaient
Étoupe, poix, bitume au feu, l'alimentaient
A tel point que la flamme en sortit plus intense
Pour les brûler avec les gens de l'assistance.
Or, l'Ange du Seigneur se fit voir à l'instant,
Dans le groupe des trois jeunes gens, écartant
La flamme asphyxiante et la braise embrasée,
Répandant autour d'eux comme un vent de rosée ;
Et les trois jeunes gens bénissaient le Seigneur,
Le louaient et chantaient cet hymne en son honneur :
Vous êtes à jamais béni, Dieu de nos pères,
Entouré de louange et de gloire plénières ;

Votre nom glorieux est béni, célébré,
Et demeure à jamais suréminent, sacré.

Oui, vous êtes béni dans vos saints, dans vos justes,
Béni sans cesse au sein de vos séjours augustes
Et trônez au-dessus des siècles radieux,
Louant et célébrant votre éclat glorieux.

Vous qui voyez au fond des abîmes de l'âme,
Êtes assis dessus les chérubins en flamme :
Vous êtes, ô Seigneur, en chaque lieu béni,
En chaque siècle autant éminent, infini.

Oui, vous êtes béni par chaque Astre et chaque Ange,
Digne éternellement de gloire et de louange.

Bénissez le Seigneur ; Anges et Firmament ;
Louez-le, rendez-lui gloire éternellement.

Eaux en suspension dans les célestes voiles ;
Vertus du Tout-puissant, lune, soleil, étoiles :
Bénissez et louez à jamais le Seigneur,
Rendez-lui dans le cours des siècles gloire, honneur.

Pluie et rosée ; ardeurs des saisons estivales ;
Vents froids, brûlants ; rigueurs des saisons hibernales :
Bénissez et louez à jamais le Seigneur,

Rendez-lui dans le cours des siècles gloire, honneur.

Epais brouillards, froids durs ; neiges, glaces funèbres ;
Jours clairs, obscures nuits ; lumièies et ténèbres :
Bénissez et louez à jamais le Seigneur,
Rendezlui dans le cours des siècles gloire, honneur.

Nuages, feux du ciel ; monts, collines, semences ;
Fontaines, fleuves, mers ; poissons menus, immenses :
Bénissez et louez à jamais le Seigneur,
Rendez-lui dans le cours des siècles gloire, honneur.

Oiseaux du firmament ; troupeaux, bêtes sauvages ;
Fils d'Israël, des champs, des villes, des rivages :
Bénissez et louez à jamais le Seigneur,
Rendez-lui dans le cours des siècles gloire, honneur.

Adorateurs du Tout-Puissant, prêtres augustes,
Saints, comme humbles de cœur ; esprits, âmes des justes :
Bénissez et louez à jamais le Seigneur,
Rendez-lui dans le cours des siècles gloire, honneur.

Misaël, Azarie, Ananie, ô doux frères,
Circulant au milieu de ces feux funéraires :
Bénissons et louons à jamais le Seigneur,
Rendons lui dans le cours des siècles gloire, honneur
Pour vous avoir sauvés de l'Enfer si terrible,

De la mort nous tenant en ses bras si puissants,
Nous avoir délivrés de cette flamme horrible,
Arrachés du milieu de feux incandescents.

Rendons grâce au Seigneur de sa bonté céleste,
De sa miséricorde à jamais manifeste.

Vous dont le cœur resta toujours religieux :
Bénissez et louez le Seigneur, Dieu des Dieux,
Rendez des actions de grâce solennelle
A sa miséricorde infinie, éternelle.

Nabuchodonosor n'en peut croire ses yeux,
Dit à ses grands, témoins de ce fait merveilleux :
Comment ! j'ai fait lier, jeter dans la fournaise
Trois hommes, et je vois en ce brûlant milieu
Quatre hommes circuler librement, à leur aise,
Et le quatrième à l'aspect d'un fils de Dieu ;
Puis suivi d'une cour nombreuse il se dirige
Vers la fournaise où vient d'avoir lieu le prodige,
En fait sortir les trois jeunes gens dont les feux
N'ont pas atteint les chairs, les effets, les cheveux
Et s'écrie au milieu de toute sa noblese :
Béni, béni le Dieu de ces Juifs sans faiblesse

Qui surent résister à nos ordres pressants,
Livrer leur chair entière aux feux incandescents
Et faire entendre encore un concert de louange
Al eur Dieu qui les fit délivrer par son ange ;
Aussi décrétons nous à l'instant que le Dieu
D'Abdénago, Misach, Sidrach soit en tout lieu
Honoré, respecté comme nos dieux eux-mêmes,
Car seul il a produit ces merveilles suprêmes.

SECOND SONGE

DE NABUCHODONOSOR

Second songe de Nabuchodonosor

Nabuchodonosor ne pouvant obtenir
De ses mages, devins de lire en l'avenir
D'un songe lui tenant l'esprit plein d'épouvante,
Mande Daniel, lui fait la version suivante :
Je voyais en esprit comme un arbre élevé
Au milieu de la terre, avec un front levé
Jusqu'à hauteur du ciel, une sève féconde,
Une étendue allant jusqu'aux confins du Monde,
Ayant un beau feuillage où les oiseaux chantaient,
Sous lequel les divers animaux s'abritaient
Et fournissant des fruits d'une abondance telle
Qu'ils donnaient l'aliment à toute chair mortelle ;
Quand descendit du ciel un messager de Dieu
Criant comme un héraut royal en chaque lieu :
Coupez l'arbre, abattez ses branches, son feuillage,
Dispersez tous ces fruits sans faire de triage,
Faites fuir les oiseaux de dessus ses rameaux
Comme aussi de dessous ses divers animaux
Et, néanmoins, laissez à l'arbre sa racine,
(A l'homme dont ici le portrait se dessine),
Liez-le dans les champs avec le fer, l'airain,
Trempez-le de rosée, engavez-le de grain,
Échangez son cœur d'homme avec un cœur de bête
Et faites s'écouler sept temps dessus sa tête

Afin que les vivants sachent de tous côtés
Que le Très-Haut domine empires, royautés,
Les établit d'après sa volonté suprême,
Ceint les plus humbles fronts de l'or du diadème. »

Lors Daniel ayant bien réfléchi, médité :
« Cet arbre couvrant tout de son immensité,
Donnant un abri sûr à toute créature,
Lui fournissant encore une ample nourriture :
C'est toi dont la grandeur a monté jusqu'aux cieux
Et dont la terre a su le règne merveilleux ;
Mais comme l'a dit l'ange à cet arbre superbe :
Sois abattu, détruit, piétiné comme l'herbe,
Et pourtant garde encore un tronc enraciné,
Il te dit, puissant roi : tu seras éloigné
De l'homme, habiteras dans la plaine fleurie,
Broutant avec le bœuf le foin de la prairie,
Recevant la rosée avec les animaux,
Errant pendant sept temps en proie à tous ces maux
Et pourtant recouvrant ta puissance première
Quand tu reconnaîtras que le Dieu de lumière
Domine tout empire et toute royauté
Et les donne ici-bas suivant sa volonté. »
Écoute donc, ô roi, le conseil de Dieu même
Et si tu veux rester maître du diadème :
Ne trempe plus jamais dans le crime odieux,
Fais le bien, montre-toi miséricordieux,

Or, douze mois après, quand le roi se promène
Dans la ville témoin de sa grandeur humaine,
Une céleste voix retentit et lui dit :
« Ton royaume si vaste ainsi qu'il fut prédit,
T'est enlevé, tu vas être chassé comme homme,
Avoir ton gîte avec chaque bête de somme,
Manger du foin, rester sept temps en cet état
Pour que tu saches bien, orgueilleux potentat,
Que le Très-Haut domine empereurs, rois et princes
Et donne à qui lui plaît leurs trônes, leurs provinces. »
Et de fait le roi fut chassé du cercle humain,
Mangea du foin, reçut la rosée en chemin,
Eut les cheveux pareils à des plumes sauvages,
Les ongles comme ceux des oiseaux des rivages,
Puis, après les sept temps, leva les yeux au ciel
Comme pour demander aide au Dieu de Daniel,
Recouvra, grâce à Lui, l'intelligence entière
Et, le remerciant de sa bonté plénière,
Le reconnut pour Dieu souverain, éternel
Et reçut à nouveau le spectre paternel.

NOTE. — La maladie de Nabuchodonosor pourrait s'appeler lycantrophie ou boantrophie.

MANÉ, THÉCEL PHARÈS

Mané, Thécel, Pharès

Balthazar, ayant trop respiré le bouquet
Du vin, fait à la fin d'un splendide banquet
Apparaître devant mille grands de Chaldée
Tous les vases ravis au temple de Judée,
Y fait verser les vins capiteux, odorants,
Y boit à même avec ses femmes et ses grands
Pour honorer ses dieux d'or, d'argent, airain, pierre
Et faire insulte au Dieu de vie et de lumière ;
Quand il voit à l'instant comme des doigts de main
Écrire sur le mur des signes en chemin,
Se trouble, est pris d'effroi, sent ses reins se détendre
Et ses genoux tremblants l'un sur l'autre se tendre,
Balthazar pousse alors un grand cri de terreur,
Mande pour le tirer de cette nuit d'horreur
Augures, chaldéens, mages de ses provinces,
Leur promet or et pourpre et dignités de princes
Pour lui lire, expliquer les caractères mis
Au mur de son palais par des doigts ennemis
Et, comme il n'obtient pas de toute leur magie
De lire les mots mis en cette nuit d'orgie,
Se trouble de nouveau, de nouveau se sent peur
Et reste avec ses grands plongé dans la stupeur
Quand, sachant le pourquoi de terreurs aussi vives,
La reine-mère accourt au milieu des convives

Et s'écrie : ô mon roi, ton aïeul a jadis
Trouvé dans un captif de Juda comme un fils,
Daniel lui révélant l'avenir redoutable,
L'avertissant à temps de tout mal lamentable.

Lors le roi Balthasar au prophète Daniel :
Homme plein de l'esprit des dieux régnant au ciel,
Tu découvres, dit-on, le sens de tout mystère
Dont sont enveloppés les maîtres de la terre ;
Aussi si tu peux me lire, sans hésiter,
Les mots mis sur ce mur, me les interpréter,
Je te donne un collier en or, la pourpre aurée,
Le rang de prince après ma famille sacrée.
Mais Daniel : garde ô roi, pour d'autres tes présents
Et saisis bien le sens de ces signes luisants,
« O roi : le Dieu du ciel a fait jouir ton père,
Nabuchodonosor, d'un long règne prospère,
Mais il a retiré le sceptre de sa main
Quand il le vit se croire un être plus qu'humain,
Il le fit habiter chez les bêtes sauvages,
Manger leur nourriture aux plaines, aux rivages,
Jusqu'à ce qu'il sût bien que le Très-Haut domine
Empires, royautés, les établit, les mine ;
Et toi, son fils instruit par ce triste passé,
Tu ne t'es pas encore humblement abaissé,
Mais tu t'es élevé contre l'être suprême,
En faisant apporter en ton ivresse extrême

Tous les vases ravis à son temple sacré,
Buvant à même avec un visage empourpré,
Louant tes dieux d'or vil, de fer dur, de bois tendre,
Incapables de voir, de sentir et d'entendre,
Déshonorant ainsi le Dieu qui tient en main
Ton existence humaine et ton destin humain ;
Aussi fit-il placer sur tes murailles closes
Ces trois signes divins t'annonçant ces trois choses :
MANÉ : Dieu fait finir ton règne passager ;
THÉCEL : Dieu t'a pesé, t'a trouvé trop léger ;
PHARÈS : Tous tes états, divisés, se dispersent
Et tombent dans les mains des Mèdes et des Perses. »

Or, cette même nuit périt assassiné
Balthazar le monarque à l'orgueil effréné.

NOTE. — Babylone assiégée par Cyrus aurait été prise la nuit même de ce banquet.

DANS LA FOSSE AUX LIONS

Dans la Fosse aux Lions

Les satrapes, placés en tête des provinces
De la Babylonie et régis pour trois princes
Dont Daniel renommé par son profond savoir
Va bientôt concentrer en ses mains le pouvoir,
Ne peuvent pas malgré leur haine et basse envie,
ttaquer près du roi ses actes et sa vie,
Mais le voyant rester fidèle zélateur
De la loi de Moïse et son observateur
Vont trouver aussitôt Darius leur monarque :
Fais de suite un édit revêtu de ta marque
Pour obliger chacun pendant un mois entier
A t'adorer toi seul et toi seul te prier,
Sous peine d'être offert comme victime humaine
Aux lions rugissant sous ton royal domaine.
Et le roi se croyant un véritable dieu,
Signe l'édit, le fait promulguer en tout lieu.

Or, malgré cet édit, sa terrible défense,
Daniel habitué dès sa plus tendre enfance
A dire à l'Éternel l'hymne de son amour,

NOTE. --- Darius ne régna pas sur la Chaldée par droit héréditaire, mais la reçut de Cyrus, le vainqueur de Babylone.

Le continue encor trois fois pendant le jour ;
Et les satrapes, sûrs d'avoir enfin leur proie,
De dire à Darius en leur cruelle joie :
Daniel, un des captifs de Juda, rend honneur
A d'autres dieux qu'à toi, son maître et son seigneur,
Et violant ta loi doit perdre l'existence ; —
Et le roi, remettant à plus tard sa sentence,
Songe à tirer Daniel des mains de ces bandits ; —
Mais eux : nul n'a le droit de changer tes édits ; —
Et le roi tout ému, donne sa signature
Pour livrer aux lions le prophète en pâture,
Lui laisse en le quittant ces paroles d'adieu :
Tu seras, j'en suis sûr, délivré par ton Dieu.

Darius a scellé du sceau de son empire
La pierre de la fosse où son ministre expire,
Puis rentre en son palais sans pouvoir rien manger,
Prendre même la nuit un sommeil passager
Et, dès l'aurore, arrive en hâte, plein de crainte
A la fosse, y retrouve intacte son empreinte,
Crie alors en pleurant, gémissant tour à tour :
Ami du Dieu vivant, le Dieu de ton amour
T'a-t-il fait échapper à la gueule terrible
Des lions renfermés en cette fosse horrible ? —
Et la voix de Daniel : le Dieu de mon amour
M'a trouvé devant lui sans feinte, sans détour,
Lui disant chaque jour par trois fois ma prière,

La disant devant toi, devant la terre entière ;
Aussi m'envoya-t-il son ange pour fermer
La gueule des lions et pour les désarmer....
Lors le roi, se sentant l'âme émue et ravie,
Fait découvrir la fosse où Daniel est en vie,
Le fait vite enlever de ce fétide lieu,
Le trouve préservé de tout mal par son Dieu
Et, faisant arrêter ses délateurs de suite,
Les condamne, sans même ordonner de poursuite
A voir leurs os et ceux de leurs femmes, enfants,
Broyés par ses lions rugissants, triomphants ;
Puis publie un édit pour faire rendre un culte
Au Dieu du ciel dont la toute puissance occulte
A fait voir ce miracle aux yeux des nations :
Daniel sorti vivant de la fosse aux lions.

PREMIÈRE VISION

LES QUATRE EMPIRES DU MONDE

Première Vision

Les Quatre Empires du Monde

Je voyais une nuit les quatre vents des cieux
Se livrer sur la mer un combat furieux,
Puis s'élever du sein de la mer fulgurante
Quatre grands animaux d'espèce différente.
Le premier animal ressemblait au lion,
Portait des ailes d'aigle et, dans ma vision,
Se voyait arracher ses ailes de vampire,
Enlever du milieu de son terrestre empire,
Remettre sur ses pieds comme un homme guéri
Et donner un cœur d'homme au sang faible, appauvri.
Le second animal avait la ressemblance
D'un ours clignant de l'œil, marquant sa vigilance,
Portait trois rangs de dents et s'entendait crier :
Lève-toi, mange encor sans te rassasier.
L'autre animal avait l'aspect d'une panthère,
Quatre ailes comme sont les ailes d'un oiseau,
Quatre chefs enlacés comme dans un réseau
Et recevait pouvoir de commander sur terre.
Le quatrième était terrible, merveilleux,
Puissant comme pas un, montrait à tous les yeux
Ses grandes dents de fer, mangeait, broyait la terre

Presque entière et rendait le reste tributaire ;
Il différait des trois précédents et portait
Dix cornes où ma vue avec soin s'arrêtait,
Quand je vis naître et croître au centre de leurs bandes
Une petite corne abattant trois des grandes,
Ayant comme les yeux d'un homme audacieux,
Une bouche tenant des discours orgueilleux.

Puis je voyais placer des trônes dans l'espace,
L'Ancien des jours y prendre au premier rang sa place.
Ses cheveux étaient blancs comme aussi ses habits,
Semblables à la neige, aux toisons des brebis ;
Son trône était un feu plein d'une flamme ardente
Et la roue en était toujours incandescente.
Un grand fleuve de feu, plein de rapidité,
Se répandait du sein de sa Divinité ;
Il avait des milliers d'anges à son service,
Des millions tout prêts à remplir leur office,
Quand il vint déclarer le Tribunal ouvert
Et fit mettre chaque acte humain à découvert.

Or, pendant que j'étais à regarder la corne
Dont l'imprécation dépassait toute borne,
Je vis le quatrième animal massacré,
Remisé dans un coin pour être incinéré,
Les trois premiers privés de leur couronne aurée
Et leurs jours limités à certaine durée.

Alors je vis du sein des célestes séjours
Surgir sur une nue aux éclatantes franges
Comme le Fils de l'Homme et des millions d'Anges
L'escorter, le placer devant l'Ancien des jours ;
Il en reçut puissance entière, universelle
Et domination absolue, éternelle.

Mon esprit demeura comme stupéfié
De ce qu'il avait vu, resta pétrifié ;
Et je fus en tremblant m'approcher d'un des anges
Pour me faire expliquer ces visions étranges.
L'ange me dit : ces quatre animaux de combats
Seront les quatre grands empires d'ici bas
Que les Saints du Très-Haut recevront en partage
Et garderont toujours, sans fin comme héritage ;
Et comme je lui fus demander ce qu'était
Le dernier animal dont la tête portait
Dix cornes, comme encore une petite corne
Dont l'imprécation dépassait toute borne,
L'Ange me répondit : ce dernier animal
Sera le quatrième empire de la terre,
Le plus grand, lui faisant subir le plus de mal,
La dévorant, rendant partout sa tributaire ;
Et ces dix cornes sont dix rois de cet Etat
Qui pliera sous le joug d'un autre potentat
Faisant tomber trois rois avec leur diadème,
Lançant au Tout-Puissant l'injure et le blasphème,
Écrasant tous les saints sous son sceptre ferré,

Croyant pouvoir changer temps et lois à son gré
Jusqu'au jour où suivi de sa haute milice
L'Ancien des jours viendra pour rendre la justice
Enlever son pouvoir à cet affreux bandit,
Le perdre à tout jamais comme un monstre maudit,
Donner aux Saints de Dieu son empire en partage
Et leur en assurer l'éternel héritage.

L'ange ainsi termina son explication
Et mon esprit rempli d'un trouble légitime
Garda le souvenir de sa parole intime
Et de tous les objets de cette vision.

DEUXIÈME VISION

DÉVELOPPEMENT
DU ROYAUME DE DIEU

Deuxième Vision

Développement du Royaume de Dieu

Lors d'une vision où mon esprit allait
Dans le château de Suse auprès du fleuve Ulai,
Je voyais un bélier aux deux cornes puissantes
Dont l'une avait toujours ses pointes grandissantes ;
Il en frappait l'Ouest, le Sud avec le Nord,
Abattait chaque bête et restait le plus fort.

Je regardais agir ce bélier intrépide,
Quand je vis de l'ouest bondir en furieux
Un bouc à haute corne au milieu de ses yeux,
Toucher la terre à peine en sa course rapide,
Fondre sur le bélier, l'abattre d'un seul bond,
Briser sa double corne en un choc furibond,
Le renverser, fouler sous ses pieds avec joie
Sans que personne pût lui dérober sa proie.

Ce bouc acquit ensuite un renom merveilleux
Et quand il eut atteint sa plus haute puissance
Perdit sa haute corne allant donner naissance
A quatre autres fixant les quatre vents des cieux.

Une petite corne, enfant de l'une d'elles,
Grandit vers l'Est, le Sud, le peuple des fidèles,
Éleva son pouvoir contre celui de Dieu,
Frappa, marcha dessus les prêtres du Saint Lieu,
Gravit le Sanctuaire où Dieu rend la justice,
Le souilla, renversa l'autel du sacrifice,
Supprimera le culte offert au Roi des Rois,
Réussira dans tous ses projets à la fois.

Lors j'entendis ainsi s'exprimer un des anges :
Jusqu'à quand dureront ces visions étranges,
Verra-t-on cet impie en la maison de Dieu,
Le feu du sacrifice éteint dans le Saint Lieu,
Le pouvoir du Très-Haut avec son sanctuaire
Foulés aux pieds ainsi qu'un jardin mortuaire ?
Un ange répondit : l'oppression en cours
Se fera voir pendant deux mille trois cents jours.

Or je cherchais le sens explicatif en somme
De cette vision, quand sous la forme d'homme
Un ange m'apparut et s'entendit crier :
Gabriel : éclaircis l'énigme en son entier.
Et Gabriel ainsi m'expliqua ce mystère :
Fils de l'homme : le temps est encor bien lointain
Où cette vision doit prendre un corps certain ; —
Et je tombais tremblant la face contre terre,
Mais Gabriel me vint toucher, mettre debout,

Dire tout aussitôt : je te montrerai tout
Ce qui doit arriver après la délivrance
Des enfants d'Israël, la fin de leur souffrance.
Le bélier dont les deux cornes jettent tout bas
Est le roi Médo-Perse au milieu des combats,
Comme le bouc est roi de l'Ionie entière,
Sa haute corne en est la plus haute lumière
Et les cornes venant à sa suite seront
Quatre rois du pays n'allant pas à son front.
Puis quand aura pris fin leur race sur la terre
Et quand l'iniquité partout débordera,
Un roi plein d'impudence au front se montrera,
Percera la pensée humaine en son mystère,
S'en prévaudra pour faire aboutir ses desseins,
Se consolidera par sa diplomatie,
Brisera tout obstacle à sa suprématie,
Fera mourir les forts et le peuple des Saints,
Acquerra par la ruse une force étonnante,
Tuera nombre de gens en pleine paix régnante,
Fera la guerre à Dieu, son maître et son vainqueur,
Et mourra sans avoir le froid du fer au cœur.
Voici la vision toute entière expliquée ;
Donne lui dès cette heure une place marquée
En ton esprit pour qu'elle arrive aux temps lointains
Dérouler tout le cours d'événements certains.

Et je fus languissant, malade des journées,
Me levai pour vaquer aux affaires du roi,

Sans pouvoir nulle part obtenir de données
Sur cette vision me laissant plein d'effroi.

NOTE.--Il s'agit de Darius, d'Alexandre le Grand et d'Antiochus Épiphane.

TROISIÈME VISION

LES SOIXANTE-DIX SEMAINES

Troisième Vision

Les soixante-dix semaines

Daniel réfléchissant à ces temps bienfaisants
Où finira l'exil de soixante-dix ans
Prédit par Jérémie à la Judée entière
Et la voyant rester impénitente, altière,
Implore Dieu pour elle et le prie en ces mots [1]
De ne pas prolonger la suite de ses maux :
« Grand Dieu dont l'alliance et la clémence augustes
Sont acquises d'avance, à vos saints, à vos justes,
Nous avons, tous, péché, commis l'iniquité,
Délaissé votre loi, suivi l'impiété,
Méprisé les avis de vos saints, les prophètes,
Parlant en votre nom aux plus illustres têtes ;
Aussi nous avez-vous chassés de tous côtés
Et maintenant, confus de nos iniquités,
Nous venons implorer votre seule clémence
Pour sortir Israël de sa détresse immense.
Dieu de justice ayez, malgré tous ses péchés,
Pitié de votre peuple et de ses maux cachés,
Détournez vos fureurs de votre cité sainte,
Objet de moquerie autour de son enceinte ;

1re NOTE. Cette vision eut lieu pendant la première année du règne de Darius.

Exaucez maintenant, ô divin Créateur,
Les supplications de votre serviteur ;
Faites voir votre face en votre sanctuaire,
Privé de votre gloire et de notre prière.
Abaissez votre oreille, écoutez-nous, mon Dieu,
Ouvrez vos yeux fermés sur notre triste adieu.
Voyez-nous désolés comme la ville entière
Portant le nom du Dieu de vie et de lumière
Et voyant vos enfants à genoux, suppliants,
Ne les prenez pas pour des justes confiants,
Mais bien pour des pécheurs cherchant miséricorde
Au sein du Dieu vivant qui peut tout, tout accorde. »

Or, comme il prie encore au soir pour Israël,
Il voit voler vers lui l'archange Gabriel
Dont il connaît déjà le nom et la figure,
Sent son toucher, l'entend lui dire comme augure :
« Daniel, homme très cher, très agréable à Dieu :
Dès l'instant où tu fis ta prière en ce lieu,
J'eus l'ordre de ne pas te faire plus attendre
Et d'accourir vers toi pour tout te faire entendre.
Ton peuple et ta cité (le point est capital)
Passent soixante-dix semaines au total
Pour voir l'iniquité, le péché disparaître,
Le Soleil de Justice éternelle, apparaître,

2e NOTE. 70 fois septi anni ou 70 semaines d'années font 490 ans ; la première période est de 49 ans, la seconde de 434 ans et la troisième de 7 ans.

Cette prédiction accomplie en tout lieu
Et le Saint, Saint des Saints, oint du signe de Dieu.
Sept semaines ont cours, pleines d'angoisse amère,
Depuis l'heure où la ville et sainte et reine et mère
A droit de relever ses fondements détruits
Jusqu'à l'heure où ses murs ses fossés sont construits....
Puis ont cours jusqu'au bout, soixante-deux semaines
Pour voir venir le Christ, chef de tous les domaines,
Pour le voir renié, séparé pour toujours
Du peuple ayant mis fin au nombre de ses jours ;
Pour voir un prince avec sa nation guerrière
Détruire la cité, la maison de prière,
Passer comme une lave et laisser au départ
La désolation régner de toute part...
Enfin quand aura cours la semaine dernière :
L'alliance du Dieu de vie et de lumière
Avec ses anciens fils de prédilection
S'étendra sur les fils de toute nation ;
Sacrifice, holocauste avec offrande humaine
Cesseront au milieu de la même semaine
Et le temple souillé, ravagé, ruiné,
Sera jusqu'à la fin des siècles profané. »

3e NOTE. D'après Simon Luzzato, rabbin de Venise : la conséquence d'une investigation trop étendue et trop profonde de ce passage serait pour les docteurs Juifs de devenir tous chrétiens, car on ne peut nier que, d'après les chiffres donnés par Daniel, le Messie ne soit déjà apparu. *(Bibliothèque Hébraïque)*.

QUATRIÈME VISION

RÉVÉLATIONS

SUR L'AVENIR D'ISRAEL

Quatrième vision.

Révélations sur l'avenir d'Israël.

J'avais pleuré sur les dissensions en cours
Et pour les voir cesser fait jeûne vingt-trois jours,
Quand porté tout à coup, en extase sans doute,
Aux bords du Tigre avec des compagnons de route,
Je vis un homme ayant une robe en lin blanc,
Aux reins une ceinture en or étincelant.

Son corps était comme une ardente chrysolithe,
Ses yeux comme un éclair, un météorolithe,
Ses bras jusques aux pieds comme un airain brillant
Et le son de sa voix comme un torrent bruyant.

J'eus cette vision ineffable, suprême ;
Quant à mes compagnons, pris d'épouvante extrême,
Ils ne la virent pas se dresser sous leurs yeux
Et furent se cacher dans les plus sombres lieux.

Et resté seul devant la vision céleste,
Je n'eus plus dans le sang de force manifeste,
Devins blême, fut pris de subite langueur
Et me sentis privé de toute ma vigueur.

Je gisais face à terre et la chair somnolente,
Entendant l'homme avec sa grande voix troublante,
Quand il vint me toucher, dresser sur les genoux,
Les mains et dire avec un accent grave et doux :
Daniel aimé de Dieu : lève-toi pour entendre
Ce que je suis chargé de te faire comprendre.
Et je fus aussitôt debout, tremblant encor ;
Mais il me dit : Daniel, ne crains pas mon abord,
Car du jour où tu fis entendre ta prière
A Dieu pour obtenir son Esprit de lumière,
Ta prière se vit exaucée et c'est moi
Que Dieu chargea d'ouvrir l'avenir devant toi.
J'ai lutté vingt-un jours contre la résistance
De l'Ange de la Perse et sans l'aide, assistance
D'un de nos premiers chefs, l'archange Michaël,
Je n'aurais pu tout seul vaincre pour Israël.
Mais je viens t'apporter des nouvelles certaines
Sur le sort de ton peuple à des dates lointaines.

Et comme il s'apprêtait à me les révéler,
Je tombais face à terre et ne pouvais parler ;
Mais il toucha ma lèvre et ma bouche fermée
Se rouvrit et lui dit tout à coup animée :
Seigneur, en vous voyant, j'ai senti tous mes nerfs
Se relâcher, la force abandonner mes chairs ;
Et comment le servant de son Seigneur et Maître
Pourrait-il donc parler à l'envoyé de Dieu ?
Il ne me reste plus de force en tout mon être,

De souffle pour pouvoir vivre en votre milieu.

Lors il posa la main sur ma chair languissante :
Lui rendit pleine vie et d'une voix puissante :
Homme agréable à Dieu, ne crains pas mon abord ;
La paix soit avec toi ; reprends vigueur, sois fort.
Et je lui dis, sentant tous mes muscles s'étendre :
Parlez, Seigneur, je puis à présent vous entendre.
Il dit : sais-tu vraiment pourquoi je suis venu ?
Après que je t'aurai mis l'avenir à nu,
J'irai lutter encor de courage et d'adresse
Contre l'ange de Perse et l'ange de la Grèce ;
Et nul ne m'offrira d'aide pour Israël,
Si ce n'est votre chef, l'archange Michaël.

SUITE DE LA QUATRIÈME VISION

RÉVÉLATIONS

SUR L'AVENIR D'ISRAEL

Suite de la Quatrième Vision

Révélations sur l'Avenir d'Israël

Dès la première année où Darius le Mède
Fut roi, dit Gabriel, je lui donnai mon aide.

Mais je vais t'annoncer toute la vérité.
Trois rois de Perse encore auront l'autorité ;
Un quatrième aura la richesse plénière,
Verra fondre sur lui la Grèce toute entière.

Alors un roi vaillant surgira, régnera
Sur la terre et fera tout ce qu'il lui plaira.

Puis son royaume, après une ère d'importance,
Sera brisé comme un vase sans consistance
Jeté comme poussière aux quatre vents régnants,
N'aura pas d'héritiers directs pour gouvernants,
Mais bien des étrangers, si ce n'est pourtant quatre,
Qui le déchireront à force de s'y battre.

A cette époque un roi du Sud s'affermira,
Mais un de vos premiers princes l'éclipsera,
Sera roi d'un pays et plus riche et plus vaste,
Y fera resplendir sa puissance et son faste.

Puis quelques ans après ils seront alliés
Et l'un d'eux donnera sa fille en mariage
Au roi de l'Aquilon et pendant son voyage,
Dans le Nord passera des traités d'amitiés ;
Mais après son départ, sa fille, abandonnée,
Sera tuée avec le fils de ses amours,
Et les jeunes seigneurs qui l'avaient amenée,
Etaient restés près d'elle au temps de ses beaux jours.

Lors le frère, en sachant sa sœur inanimée,
Sortira de l'Egypte avec toute une armée,
Foulera le pays du roi de l'Aquilon,
Le pillera, tiendra sous sa sujétion,
Emménera captifs au sein de ses provinces
Ses dieux, ses vases d'or, d'argent avec ses princes.

Les fils du roi du Nord, pleins du feu des combats,
Réuniront alors une armée intrépide
Et l'un d'eux accourra comme un torrent rapide
Envahir le pays et jeter tout à bas,
Retournera chercher des troupes plus anciennes
Et les mettre en regard des troupes Egyptiennes.

Mais le roi du Midi sort de l'inaction,
Prend le commandement de sa puissante armée,
Livre un combat terrible au roi de l'Aquilon,
Le bat, rend son armée à moitié décimée
Et s'éloigne en vainqueur de tous ces champs de mort

Sans avoir fait captif son ennemi du Nord
Qui revient après bien du temps et des années
Poursuivre dans le Sud des luttes acharnées.

En ce temps là le Sud rempli d'exactions
Verra naître en son sein des insurrections
Où tomberont frappés d'après la prophétie
Tous les Juifs ayant fait acte d'apostasie.

Le roi du Nord ira diriger ses efforts
Sur les villes du Sud, s'emparer de leurs forts ;
Et l'ennemi devant ces prises d'importance
Tentera mais en vain de faire résistance.

Le vainqueur agira suivant son bon plaisir,
Verra tout arriver au gré de son désir,
Entrera sur la terre illustre de Judée,
La tiendra sous sa main abattue et bridée

Il voudra conquérir l'Egypte en son entier,
Ira feindre en ce but la plus vive amitié
Pour son roi, lui donner sa fille comme femme,
Sans pouvoir réussir en sa perfide trame.

Il fera le blocus des îles sur la mer,
En soumettra plusieurs à son sceptre de fer,
Arrêtera le chef dont plus tard la victoire
Le couvrira d'opprobre au milieu de sa gloire.

Il vivra resserré dans le Sud, tombera
Dans des piéges et pour toujours disparaîtra.

Celui qui lui succède est en tous points indigne
De prendre le pouvoir, d'en revêtir l'insigne ;
Il est en peu de jours enlevé d'ici bas
Et sans mort violente et sans mort aux combats.

Un homme méprisé prendra son héritage,
Sans pouvoir en tirer tout d'abord avantage,
Mais s'entendant avec les chefs secrètement
Il pourra conquérir le trône adroitement.

Lors il ira combattre et faire disparaître
L'héritier du feu roi comme aussi le grand prêtre,
Se fera de nouveaux amis, les trompera,
Montera sans efforts vers l'Egypte, entrera
Dans ses villes les plus fortes, les plus prospéres,
Fera ce que n'ont fait ses aieux et ses péres,
Prendra les étendards, armures de combats
Des Juifs, des Egyptiens, pillera leurs richesses,
Songera tout le temps de son régne ici bas
A soumettre à son joug toutes leurs forteresses.

Il lèvera toute une armée, attaquera
Le roi du Sud et ce dernier le combattra
Avec toute une armée aussi forte à la lutte,
Mais faiblissant, voulant le conduire à sa chûte.

Ses commensaux iront le trahir sans remords
Et ses soldats battus joncher le champ des morts.

Ces deux rois se nuiront en toute circonstance,
Se mentiront au cours d'entretiens d'importance
Sans faire réussir leurs projets ténébreux,
Car la guerre est encor pour durer derrière eux.

Le vainqueur reverra ses terres éloignées
Avec tout le butin des batailles gagnées,
Tournera ses efforts contre le peuple Saint
Et pourra réussir en son nouveau dessein.

De retour en Egypte à l'époque fixée,
Il y verra sa gloire en un jour éclipsée.

Les Romains, leurs vaisseaux le battront, lui feront
Regagner son pays et porter bas le front ;
Il se retournera dans sa rage sauvage
Contre le peuple Saint, fondra sur son visage
Et faisant un retour subit en ses Etats
En jetera dehors tous les Juifs apostats.

Ses soldats garnissant Sion, la ville Sainte,
Profaneront le temple en y versant le sang,
Y détruisant le culte offert au Tout-Puissant,
Pilleront, souilleront tout partout son enceinte.

Quelques Juifs trahiront le Dieu Fort pour ce roi,
Mais le peuple suivra fidèlement la loi.

Des hommes d'Israël, pleins de flamme divine,
Enseigneront au peuple une sainte doctrine,
Subiront tous les maux des persécutions :
Le fer, le feu, l'exil et les exactions.

Les survivants auront quelque léger bien-être,
Mais verront en leurs rangs se glisser plus d'un traître.
Et parmi ces savants plusieurs angoisseront,
Passeront par la flamme et se purifieront
Pendant le temps fixé par Dieu pour leur souffrance,
Car ensuite luira l'ère de délivrance.

Le roi fera la loi suivant sa volonté,
Et se croira l'égal de la Divinité,
Lancera sur le Dieu d'Israël le blasphème,
Prospérera dans son impiété suprême
Jusqu'à temps que le plein courroux ait débordé
De la coupe de Dieu, comme Il l'a décidé.

Il n'aura nul respect pour le Dieu de ses pères,
Traînera ses amours dans les plus bas repaires,
Se souciera bien peu de tous les dieux divers,
Se croyant au dessus de tout dans l'univers.

Il sera pour le Dieu de la force brutale,

Le Maozim, que ses pères ont ignoré,
Dressera sa statue en un lieu consacré
Où couleront l'argent, l'or de sa capitale.

Il fera révérer ce Dieu dans ses Etats,
Etendra sa faveur sur les Juifs apostats
Offrant au Maozim leurs flammes adultères
Et leur distribuera gratuitement des terres.

Au temps marqué le roi du Sud l'attaquera
Et, lui, comme un bruyant ouragan accourra
Avec ses chariots, ses cavaliers, sa flotte
Et fera de l'Egypte une terre d'ilote.

Il entrera dans les pays du peuple élu,
En soumettra plusieurs à son sceptre absolu,
Épargnera pourtant les pays Edomites,
Moabites et ceux des enfants Ammonites.

Il étendra plus loin son joug ambitieux,
Le fera supporter à l'Egypte assoupie,
Lui prendra ses trésors, objets d'arts précieux,
Foulera la Lybie avec l'Ethiopie.

Troublé par la révolte et du Sud et du Nord,
Il voudra l'étouffer en y semant la mort.

Il plantera sa tente aux abords de l'enceinte

De la profonde mer, de la montagne sainte
Et, debout sur sa cîme, il s'y verra mourir
Sans qu'aucun être humain vienne le secourir.

NOTE. Le dernier roi dont il est question est Antiochus Epiphane.

FIN DE LA QUATRIÈME VISION

RÉVÉLATIONS

SUR L'AVENIR D'ISRAEL

Fin de la Quatrième Vision

Révélations sur l'Avenir d'Israël.

Alors s'élevera l'archange Michaël,
Le protecteur de tous les enfants d'Israël ;
Et puis un temps viendra d'angoisse épouvantable
Comme on n'en a jamais vu d'aussi lamentable,
Et ceux qu'en ce temps là le Tout-Puissant élut
Comme prédestinés trouveront leur salut.

Beaucoup d'hommes dormant sous leur couche de terre
S'éveilleront au temps de ce très saint mystère
Pour jouir d'un bonheur à jamais radieux,
Ou pour voir leur opprobre éternel sous leurs yeux.

Ceux dont la voix aura prêché Dieu dans son temple
Luiront comme le ciel en son éclat perlé,
Et ceux dont la justice aura servi d'exemple
Brilleront à jamais comme un ciel étoilé.

Ferme et scelle, Daniel, ce livre prophétique
Pour qu'il soit déclaré par la suite authentique ;
Car bien du monde un jour ira le commenter
Et la science en Dieu ne fera qu'augmenter.

Alors je vis debout sur la rive opposée
Un autre ange disant à l'ange Gabriel :

Quand donc se produira la merveille annoncée ?
Et Gabriel levant les deux bras vers le ciel
Jura par l'Eternel qu'elle prendrait naissance
Quand Israël aurait perdu toute puissance.
J'entendis sans comprendre et dis : Ange de Dieu,
Que se passera-t-il ensuite en chaque lieu ?

Il me dit : va, Daniel, ces paroles aîlées
Sont jusqu'au temps marqué closes comme scellées.

Plusieurs seront élus, rendus tout à fait blancs,
Éprouvés comme par les feux les plus brûlants.
Plus d'un impie ira suivre son hérésie,
Et négliger le sens de cette prophétie ;
Mais le sage en aura la compréhension.

L'abomination de désolation
Et l'abolition du sacrifice auguste
Régneront au saint lieu trois ans et demi juste.
Heureux celui qui peut attendre jusqu'au bout,
Atteindre à treize cent trente-cinq jours en tout.

Pour toi, va jusqu'au terme assigné pour ta vie
Et tu t'éveilleras en Dieu plein de survie.

NOTE. Daniel, d'après l'historien Josèphe, aurait bâti à Ecbatane un magnifique palais de marbre qui existait encore de son temps et était confié à la garde d'un prêtre juif.

Des historiens et voyageurs d'origine récente font mourir Daniel à Shusham où son tombeau est encore aujourd'hui vénéré.

Le Crotoy, (Somme).

du 20 Octobre 1890 au 20 Février 1891

Eugène BOQUET

TABLE DES MATIÈRES

BOULOGNE-SUR MER
Imprimerie L. BATTEZ, 5, Place de Capécure.

www.ingramcontent.com/pod-product-compliance
Ingram Content Group UK Ltd.
Pitfield, Milton Keynes, MK11 3LW, UK
UKHW020930180726
13838UKWH00002B/854

9 782329 139890